DISCOURS EN VERS

SUR LES

MINES ET LES MINEURS

DE

GRÉASQUE

PAR

LE DOCTEUR BARJAUD DE LAFOND

MARSEILLE

IMPRIMERIE NOUVELLE ARNAUD, RUE VACON, 24

1869

DISCOURS EN VERS

SUR LES

MINES ET LES MINEURS

DE

GRÉASQUE

PAR

LE DOCTEUR BARJAUD DE LAFOND

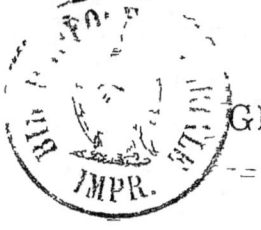

MARSEILLE

IMPRIMERIE NOUVELLE ARNAUD, RUE VACON, 21

1869

DISCOURS EN VERS

SUR

LES MINES ET LES MINEURS

DE GRÉASQUE

———〰〰〰———

Convives, avec-moi, montez sur la hauteur
Qui domine Mimet, et qui dans sa longueur
Ondule et se replie en différentes formes
Pour joindre Sainte-Baume et ses crêtes énormes :
De ce point élevé, touchant presque aux cieux,
Le plus vaste horizon s'étale à vos yeux.

Sous vos pieds est creusée une sombre caverne,
Où la Fable eut placé les portes de l'Averne,
Antre qu'elle eut peuplé, pour le rendre fameux,
D'êtres fantastiques et de monstres affreux.

Au loin vous apparaît la fille de Phocée
Que consacra Mercure armé du Caducée ;
Assise sur les bords d'un Océan d'azur,
Fière de se trouver sous un soleil si pur,
Et montrant dans ses ports les plus rares denrées
Que portent ses vaisseaux des lointaines contrées,
Marseille, de la France admirable fleuron,
Promène sur les mers son riche pavillon.
Vous voyez les pays que le Rhône féconde,
Les plaines fertiles que souvent il inonde,

Et le sommet à pic, de neige couronné,
Que fait briller la Suisse à notre œil étonné.

Ce spectacle est bien beau, lorsque dame Nature
S'embellit pour nous plaire et reprend sa parure.
Mais quittez l'horizon, et tournez vos regards
Sur les points qui plus bas s'offrent de toutes parts :

Au midi de ce mont, nommé Sainte-Victoire,
Célèbre à plus d'un titre en notre vieille histoire,
Un jour l'*Arque* roula des flots de sang humain,
Déborda ce jour même et le surlendemain ;
Car le Romain, vainqueur dans les champs de Pourrière,
Au barbare du nord fit mordre la poussière.
Contemplez ces vallons boisés par le sapin,
Formant dans leur ensemble un immense bassin :
C'est là que vit Gréasque, et plus loin Léonie ;
De ce ravin profond surgit la Félicie.

Au temps du cataclysme et des grands tremblements,
Alors qu'avec fracas grouillaient les éléments,
La terre et les ondes, étant bouleversées,
Gisaient ci, gisaient là, sans cesse déplacées.
L'ordre vint lentement; le feu, la terre et l'eau,
Cessant de se heurter, reprennent leur niveau.
Un travail d'équilibre a lieu dans la nature,
Pour du globe créer la nouvelle structure;
Des terrains disloqués qui composaient les monts
Roulent rapidement dans les gouffres profonds;
D'autres se redressant forment de longues chaînes,
Ou se superposant s'étalent dans les plaines;
Le feu vient à son tour, et par ses tourbillons
Creuse sur notre sol d'innombrables sillons,
Semblable à un torrent, vomi par des cratères,
Dévore des amas et des forêts entières ;

Et l'Océan lui-même, en reculant ses flots,
Fonde les continents, les îles, les ilots.

Le lieu que nous foulons, la science le suppose,
Subit probablement cette métamorphose;
C'était, peut-être, un lac ou quelque grand bassin,
Où s'ébattait jadis le mollusque marin.
Votre esprit peut y voir l'Ichthyosaure immonde,
Crocodile ou lézard, disparu de ce monde,
Qui se vautre à son aise au milieu des roseaux
Et sous l'ombrage épais d'énormes végétaux.
L'onde se retirant, d'immenses avalanches,
En massifs réunis, ou se taillant par tranches,
Obéissant soudain à d'internes ressorts,
Se dressent sous l'effet de suprêmes efforts:
Les unes, agrégat et dépôt de calcaire,
Ont pour point de départ l'époque secondaire;
Aux autres on assigne une formation
Qui dérive, dit-on, d'une combustion.
La prêle, la fougère et maintes cryptogames,
Avec le bois, le feu, forment des amalgames:
Et ce bloc, en glissant sur un marais fangeux,
Ramasse le fossile et devient charbonneux;
Ce phénomène eut lieu *avèque* symétrie,
Et de couche en couche s'établit la série.
La matière homogène et d'un seul sédiment
Intacte se maintint dans son isolement,
En se stratifiant occupa des étages,
Et pour se condenser laissa couler les âges.

De là vient cette mine à trois ou quatre *pans*
Que des bras vigoureux exploitent tous les ans;
De là ces noirs filons, ces veines parallèles,
Où l'on ne peut glisser qu'a l'aide de chandelles:

Là se trouvent cachés sous d'énormes rochers
L'âme de la vapeur, l'aliment des foyers.

Au fond d'une gorge dont l'étroite ouverture,
Aux rafales du nord peut servir d'embouchure,
S'élèvent dans les airs qui restent obscurcis
Des nuages brûlants, de fumée épaissis;
De hauts fournaux, dressés comme des pyramides,
Laissent par leur lumière échapper les fluides;
Une arène oblongue que sable le charbon,
Sur laquelle on entend la voix du forgeron,
Se mêlant aux rumeurs de vastes outillages,
Au siflement aigu d'humides ajutages,
Se prolonge et s'étend, couverte d'animaux,
D'hommes et d'instruments et de noirs tombereaux:
Ce lieu, c'est Castellane et sa sœur Léonie;
Il y règne toujours le travail et la vie.

Vous voyez ce chemin, comme un large sillon,
S'allonger sur les flancs de cet étroit vallon;
Il perce les rochers, il excave, il serpente,
Et, décrivant sa courbe, il suit la douce pente,
Eh bien ! des bras humains ont fait ce raillway
A force de travail, à force de remblai.
Sur deux bandes de fer sans cesse horizontales,
Sans cesse en tous leurs points à distances égales,
Un chef-d'œuvre de l'art, la machine Crampton,
Traîne à la remorque le moderne waggon;
Sa course est très-rapide et sa voix mugissante,
Et dedans notre gare elle entre frémissante.
Près de Castellane, sous de vastes hangards,
Des amas de charbon s'offrent de toutes parts;
D'un moule compresseur s'échappent les briquettes
Pour venir se ranger sur de hautes banquettes;

Le combustible, enfin, de tous côtés présent,
Darde sous le soleil son reflet éclatant.
Les transports sont chargés, et la locomotive
Frappe de son sifflet une oreille attentive.
Roule, minerai noir ! Roule sur tous les trains,
Va-t-en te déporter dans les pays lointains ! ! !
Va chauffer les mortels de tes brûlantes braises,
Ou te précipiter dans d'immenses fournaises ! ! !
On connaît ton mérite et ta grande valeur,
On sait quel est ton prix pour donner la chaleur ;
Pour te vaincre, lignite ! et faire ta conquête
Il ne faut redouter ni péril, ni tempête ! ! !

Au sein de Léonie, au centre des travaux,
Pour attaquer la couche et former les caveaux
Deux fosses béantes ont été perforées
A travers le terrain et les roches brisées.
Tout autre qu'un mineur reculerait d'effroi,
Et ses sens timorés seraient frappés d'émoi,
S'il lui fallait toujours descendre dans l'abîme,
Et s'il n'était pourvu d'un esprit magnanime.
Le mètre deux cents fois s'étend sur leur longueur,
Pour mesurer des puits l'immense profondeur :
A l'un est adaptée une pompe aspirante
Dont le jeu est nanti d'une force étonnante :
Dans l'autre on a construit un solide instrument
Pour opérer des blocs le lourd soulèvement.
Ailleurs est pratiqué dans l'écorce calcaire
Un chemin fort étroit, incliné, nécessaire :
Sept à huit cents marches en font un escalier,
Par où plongent sans peur tous les gens du métier.

A notre tour aussi faisons cesser la crainte,
Et par l'orifice pénétrons sans contrainte.

Une lampe huileuse dont la pâle clarté
Est l'unique flambeau pour tant d'obscurité,
Montre que nous sommes dedans un carrefour,
Où viennent converger les sentiers d'alentour.

A neuf cents pieds sous terre il se fait des merveilles :
Et je ne prétends pas, pour flatter vos oreilles
Et pour causer en vous la douce émotion,
Étaler savamment une description.
Sur ce vaste sujet j'ai trop d'insuffisance,
J'aurais plutôt, messieurs, besoin d'une indulgence.
Vaille que vaille, enfin, je fais ce que je puis,
Et pour vous divertir j'arrive au fond du puits :
Sa base est une gare où des lignes ferrées
Aboutissent de loin étroites et serrées.
Sur des rubans de fer pour traîner le charbon
On voit rouler la *benne* en guise de wagon,
Et pour faire avancer le pesant véhicule
On se sert d'un cheval qui jamais ne recule ;
Quadrupède docile autant qu'il est prudent
Sur un sol ténébreux, rapide et trop glissant.

Depuis qu'on a frappé par estoc et par taille,
Que dans de durs rochers on perfore une entaille,
Qu'en tous sens on poursuit le charbonneux filon
Pour sortir au dehors son noir échantillon,
De vastes cavités sous terre se prolongent,
D'un kilomètre ou deux souvent elles s'allongent.
Comme la veine change en sa position,
Qu'elle n'est pas constante en sa direction,
Les souterrains entr'eux se placent par étages,
Et constituent ainsi d'utiles avantages.
En ce point il se forme un entrecroisement,
Ailleurs vous constatez un autre changement ;

Et ce long corridor, du puits *Bonaventure*
Arrondit ses zigs-zags pour trouver l'ouverture ;
Cet autre se contourne en des sens divers
Pour venir s'aboucher dans la fosse *Prosper*.
Nous sommes descendus notre lampe allumée,
Conservons sa lueur et sa noire fumée,
Ou sinon notre corps, par des sauts périlleux,
Irait certes heurter des rochers raboteux.

L'étranger, égaré dedans ce labyrinthe,
Serait vite saisi d'épouvante et de crainte,
Si pendant le travail quelque mineur humain,
Appelé par ses cris, ne lui tendait la main,
Et si, pour imiter le rôle d'*Ariane*,
Sain, sauf ne le rendait au lieu de *Castellane*.
Ou bien dans le logis de *Messire Olivier*,
Où pour le restaurer il vaque un cuisinier.

Des souterrains obscurs la nombreuse série
Porte à juste titre le nom de galerie ;
Car la lampe qui luit par de pâles reflets
Illustre ses parois de grotesques effets.
L'un de ces corridors fait route principale,
Et sert de ralliement dans ce sombre dédale ;
Le cheval ou l'homme peut y passer de front,
Sans crainte de heurter l'uniforme plafond.
Les autres cavités, sortes de vestibules,
Se rangent de côté comme diverticules.
Le roc faisant défaut dans certain gisement,
Une grotte apparaît après le creusement.
Là, l'excavation d'une veine entamée
En conserve toujours la forme accoutumée ;
S'il advient que la veine a très peu d'épaisseur,
Le vide résultant a très peu de hauteur.

Aisément on pénètre en cet étroit espace,
Aisément on s'asseoit sur sa plane surface;
Mais non pas aisément, une fois là-dessous,
On peut marcher longtemps et se tenir debout.

Sous ces sombres bas-fonds les sources jaillissantes
Y rendraient fréquemment les eaux envahissantes,
Et l'on aurait à craindre une inondation,
Arrêt toujours fatal d'une exploitation,
Si l'on ne destinait certaines galeries
A servir de canal aux ondes réunies,
Vous voyez donc ici le rapide ruisseau,
La cascade bruyante et d'autres chutes d'eau ;
Leur murmure se joint à la chanson joyeuse
Dont retentit au loin la voûte ténébreuse.
Ces courants, ramassés en un seul contingent
Qui parfois se grossit comme un fougueux torrent,
Viennent se déverser au sein d'une citerne
Que l'art a su creuser au fond de la caverne.
Il s'agit de tarir ce vaste réservoir
Qui, comble et débordant s'il se met à pleuvoir,
Refluerait aussitôt vers les espaces vides,
Et noierait le charbon de ses ondes limpides.

Après de grands efforts, après de durs labeurs
Léonie a reçu du destin les faveurs ;
Contente du présent, de l'avenir heureuse,
A ses pieds est creusée une fosse fameuse,
Fameuse en profondeur, fameuse en ses circuits,
Et plongeant dans le sol pour devenir un puits.
Cette fosse à nos yeux présente un périmètre
Sur lequel quinze fois peut s'appliquer le mètre ;
Pour vous faire juger de sa capacité
De puissants instruments tiennent sa cavité.

Ce que l'art et la science, unis à l'industrie,
Ont de plus merveilleux et de plus surprenant,
Attirent les regards dans ce puits étonnant.
Vous pouvez admirer une foule de choses :
Engins du mouvement, machines grandioses,
Treuils et manivelles, cables et cabestans,
Hydrauliques moteurs, cylindres oscillants ;
Rouages compliqués et mouffles rotatoires,
Engendrant à dessein des effets *giratoires;*
Foyer incandescent, bouilleur et condenseur,
Chaudière où se produit en masse la vapeur ;
Manomètre à spirale et mobiles soupapes,
Des fortes pressions indiquant les étapes ;
Vous pouvez contempler la pompe et son piston,
Ses tuyaux recourbés en guise de siphon.
Mécaniques agents, ces outils ont une âme
Qui, du matin au soir, pendant la nuit s'enflamme :
Vivants, ils soupirent, et leur gémissement
Dit aux sens éblouis qu'ils sont en mouvement,
Dans le lac souterrain l'énorme corps de pompe
Entre directement à l'instar d'une trompe :
Et comme la nature a le vide en horreur,
Sitôt qu'il est produit par le piston moteur,
L'onde se précipite en colonne ascendante
Dans la bouche ouverte de la pompe aspirante.

Tel un monstre informe, gigantesque et affreux,
Sur les bords d'un fleuve couché dans quelque creux,
Plongerait dans les flots une gueule béante
Pour étancher sans cesse une soif dévorante;
Telle, dans Léonie au centre des travaux,
Sous un dôme de brique entouré de fourneaux,
On peut voir s'immerger notre pompe altérée.
Avide, s'abreuvant dans la source attirée.

L'appareil immense souffle et bat de ses flancs,
Et sans cesse humecte ses organes brûlants :
Si l'onde qui grossit paraît intarissable,
Sa soif augmente aussi , devient insatiable :
Sans trève ni merci la lutte se poursuit,
Jusqu'à ce que la pompe ait épuisé le puits
Et vomi sur le sol la plus petite goutte
D'un hôte dangereux que le mineur redoute.
Si l'antique payen pouvait ressusciter,
Sortir de ses cendres et vers nous remonter,
Sans doute émerveillé d'un magique spectacle,
On l'entendrait crier : O prodige ! O miracle !
En voyant transvaser à grands coups de piston
Un fleuve qu'il prendrait pour le noir Achéron.

Convives, pour fonder une vaste entreprise,
La mener à ses fins sans secousse et surprise,
La diriger toujours d'un œil intelligent,
Et s'occuper de tout par un soin diligent,
Pour opérer ainsi s'il a fallu un homme,
Est-il nécessaire qu'aujourd'hui je le nomme ?
Votre cœur me comprend, Gréasque le connaît,
Car son nom est inscrit à côté d'un bienfait.
Entendez les discours des gens de ce village ;
Je vous parle de ceux plus avancés en âge
Qui, des temps écoulés gardant le souvenir,
Admirent le présent et voient dans l'avenir.

Avant douze ou quinze ans sur ce sol peu fertile,
Ce qui se pratiquait était presque inutile ;
Pour fouiller dans la terre et pour l'explorer,
Pour sortir ses trésors et pour la déchirer,
On se servait d'outils construits par la routine,
Imparfaits, impuissants, marchant à la sourdine ;

Et l'exploitation, ayant peu de valeur,
Languissante traînait à défaut de vigueur ;
Les bras se retiraient, et l'affreuse misère
Menaçait de frapper cette contrée entière.

Lorsque des gens unis, portant sur leur drapeau
L'Huillier et Compagnie en guise de flambeau,
Acquirent par contrat, aux dépens de leurs bourses,
Des filons charbonneux les brillantes ressources,
La toison minérale appelés à cueillir
Et d'utiles travaux désireux d'accomplir,
Ils fixèrent leur choix, certes, d'un bon augure
Sur un homme d'élite et de riche nature.
Abordant ce pays, muni de plein pouvoir,
Ce chef y fut tojours esclave du devoir.
Il fallait tout ranger, il fallait tout refaire,
La chose n'était pas une petite affaire
Les autres exploitants ne faisaient qu'effleurer
Et dans le fond du sol n'osaient s'aventurer ;
Ils avaient quelque peu le cœur pusillanime,
Et d'avance tremblaient, sans regarder l'abîme,
Lui, seul sur cette brèche, au danger non rétif,
Energique, indomptable et nuit et jour actif,
Ses plans et ses devis et ses cartes il range,
Et dans le sein du globe il conduit sa phalange.

Sa douceur fut sans cesse égale à sa bonté
Pour sortir Gréasque de son obscurité.
Ecoutez les récits des foyers domestiques,
Entendez les échos de ces vallons rustiques :
Jadis tout était terne en cet humble recoin,
Et le pauvre habitant ne pouvait aller loin.
Des chemins peu frayés que l'impur immondice
Transformait en cloaque ou bien en précipice,

Des logis lézardés, informes bâtiments,
Où sifflaient le mistral et tous les autres vents,
Un clocher dénudé, surplombant une église,
Où l'âme dans sa foi craignait d'être surprise :
Tel était autrefois le triste et sombre aspect
Que présentaient ces lieux au regard circonspect.
Et, pour comble de maux, une affreuse indigence,
Malgré quelques produits, coudoyant l'ignorance.

Que les temps sont changés! à ce sol appauvri,
Dépeuplé, languissant, la fortune a souri.
D'un noble bienfaiteur l'égide tutélaire
Le couvre tout entier d'un appui salutaire,
Lui prodigue ses soins pour le faire fleurir,
Et sa main s'ouvre encor quand il faut l'embellir.

Grâce à ses largesses, la route carrossable
Rend de divers côtés ce village abordable ;
Sur le véhicule faisant claquer son fouet,
Se targue satisfait le postillon coquet ;
Des squares s'étalent au sein de la bourgade,
Où s'ébat chaque jour l'enfantine peuplade,
Et déjà l'on peut voir, assise sous l'ormeau,
La fille du mineur qui tourne son fuseau.
Aux débris s'entassant et d'un aspect lugubre ;
Succède désormais le logement salubre :
L'école est fréquentée et reçoit un appoint
D'un esprit généreux qui ne se lasse point ;
Et ce peuple charmé s'accroît et multiplie,
Et gagne en travaillant le pain qui vivifie.

Que puis-je vous citer que vous n'ayez bien vu,
Admiré comme moi, parfaitement connu ! !
Est-ce le télégraphe ou le lavoir humide,
L'horloge du beffroi, la fontaine limpide ?

Est=ce ces ornements et ces dons précieux
Qui parent aujourd'hui le temple des aïeux ?
Est-ce le cimetière où la femme, éplorée,
A l'ombre des cyprès, se trouve consolée
En adressant au ciel son vœu le plus ardent
Pour un fils, un époux, ou tout autre parent??

Tout cela vous savez et encore autre chose,
Qu'il est bon de noter en vers, tout comme en prose,
Et dont jasent tout bas la veuve et l'orphelin,
Le Nomade indigent, le vieillard au déclin.

Quand cet homme de bien, exempt de tout caprice,
Eut pour but d'élever le présent édifice,
Que fit-il, Convives ? Avec discernement
Il posa ses bases, et agit prudemment ;
Tâchant d'apprécier les actes de mérite,
Sur lesquels le sage sans s'abuser médite,
Il sut toujours saisir le moment opportun
De confier ce qu'il faut et convient à chacun.
Certes, il n'est permis à nulle force humaine
D'embrasser tout par soi, quelque soit son domaine ;
A l'esprit éminent qui combine et conçoit,
Et qui de ses desseins les rapports aperçoit,
Il faut un autre bras qui souvent exécute
Et les plans de son chef comprenne et répercute.

Tel, il y a douze ans, tel encor maintenant,
Un autre au directeur servit de lieutenant.
D'un flatteur, Convives, croyez que ma parole
Ne vous présente ici ni le jeu ni le rôle ;
Les faits parlent assez, la simple vérité
D'oculaires témoins prend son autorité.
On a vu dans Gréasque un homme plein de zèle,
Patient, laborieux, à l'étude fidèle ;

Il n'est pas de fatigue, il n'st pas de danger
Auxquels depuis longtemps il demeure étranger ;
Nuit et jour sur les pieds, soldat d'une industrie
A laquelle sans cesse il consacre sa vie,
S'il a pu, croyons-le, gagner ses éperons,
C'est qu'il marche en avant pour planter les jalons ;
Secondant de son chef le projet grandiose,
Veille et dirige tout , jamais ne se repose.

Dès le début, les deux ont fondé les chantiers,
Dès le début, ils ont ouvert les ateliers ;
Et la foule empressée à qui manquait l'ouvrage,
A battu des deux mains en reprenant courage.
Aussi, quand le premier fixe-ici son séjour,
Le cœur de l'habitant fait fête à son retour ;
Au second le pays, rempli de déférence,
Accorde volontiers la civile puissance.

Messieurs, j'ai le regret, en faisant ce tableau,
D'avoir à mon service un médiocre pinceau ;
Mais, malgré ma faiblesse, avant que je termine,
Veuillez que j'entre encore au fond de notre mine :
J'ai commis un oubli qu'il me faut réparer
Avant de quitter table et de nous séparer.

Sur cette terre aride, agreste, accidentée,
Une race robuste on voit acclimatée ;
Débris dégénéré des Grecs ou des Romains,
Des Ligures peut-être, ou bien des Sarrazins,
De sa haute origine, à défaut des prestiges,
Elle conserve encore quelques rares vestiges :
Orgueilleuse et fière, tenace en son projet,
Délaisse rarement ce qui fait son objet ;
Si son cerveau parfois manquant de rectitude,
La pousse à perpétuer la noire ingratitude,

Chez elle l'indigent n'est pas dans l'abandon,
Son commerce est facile et son cœur reste bon.
Ces nobles qualités d'un roide caractère
Adoucissent un peu ce qu'il contient d'austère.
Le sang de cette race est vif et généreux
A l'aide du mistral, rend les hommes nerveux :
Aux travaux souterrains propres dès leur enfance,
Ils entrent dans la mine avec mâle assurance,
Forment des pelotons, et conservent leurs rangs
Aux ordres de leurs chefs qui sont des vétérans.

Messieurs, dans les assauts que l'on livre sans cesse
Et pour que le travail nuit et jour progresse,
Il existe sous terre un grand commandement,
Des bataillons serrés et même un régiment,
Troupe un peu mutine, mais valeureuse armée
Du désir de vaincre constamment animée,
Endurcie au labeur, ne versant pas le sang,
Du peuple villageois premier et second bans,
Des charbonneux filons courant à la conquête
Et descendant les puits sans tambour ni trompette.

Le chef qui la conduit, comme un vrai général,
Prépare ses engins, possède un arsenal :
D'utiles instruments, des machines soufflantes,
Des pelles et des pics et des bennes roulantes
Sont les armes qu'on voit dedans son entrepôt
A la place du glaive, au lieu du Chassepot.

Va ! Mariotte, va, disciple du génie,
La lignite assiéger par ton artillerie !
Escave et perfore, fais voler en éclats
Des amas de charbon en tes rudes combats ;
Au sein des ténèbres entreprends ta campagne,
Et par la base enfin viens saper la montagne :

En capitaine expert pose ton campement.
Sur ta route, partout, sème l'encombrement
Accumule et tasse tes éclatants trophées.
Ici nous te servons de joyeux coryphées :
Et, pour nous édifier, montre tes combattants
Inondés de sueur, essoufflés, haletants :
Fais nous voir Séverin qu'un zèle ardent transporte,
Conduisant sous le sol sa vaillante cohorte ;
Au milieu des périls il marche en éclaireur,
Met chacun à son poste et guide le labeur ;
Aguerri, vigilant et plein d'expérience,
Par la pratique enfin remplace la science.
Laisse-nous observer l'homme dont le surnom
N'a jamais pu rider la face ni le front ;
S'il n'eut été chargeur, il eut été Félibre,
Et aurait su rimer sans perdre l'équilibre.
Lorsque du minérai se fait le classement
Et que dans le wagon a lieu le chargement,
Il est de belle humeur sur la haute estacade
Et chemine en tous sens sur cette barricade ;
Il vient, il court, il vole et suant maintes fois,
Il ordonne du geste autant que de la voix :

Poudré par le charbon et de couleur pareille
De la plante des pieds jusqu'au bout de l'oreille,
Il chante si Meyer, arrivant de fort loin,
Le gourmande en ami pressé par le besoin ,
Il chante en rédigeant la note explicative
Des lourds fardeaux traînés par la locomotive :
Et sa voix argentine, en un joyeux couplet,
Grandit pour expirer dans un coup de sifflet.
Le soir, quand l'horizon des ombres se colore,
En frottant son habit Bégoin fredonne encore.

-Et cet autre qui tient son carnier à la main, -
Laisse-nous l'admirer malgré son air hautain :
Ah ! c'est un vrai mineur dont la noire figure.
Les mouvements, le geste indiquent la nature ;
Il pourrait nous répondre au nom de Marius,
A moins qu'il n'adopte celui de Sextius.

Si le cœur ne nous manque et s'il est intrépide.
Suivons-le pas à pas dans sa marche rapide.
Le voilà sous les rocs ce rude champion,
-Éclairé seulement d'un chétif lampion !
Le buste presque nu, le feutre sur la tête
Pour remplacer le casque, à la lutte il s'apprête :
Fléchissant le genou et tendant le jarret,
Le pic entre les mains, il se met en arrêt ;
Puis soudain il pousse son rauque cri de guerre,
Et allonge les bras pour attaquer la terre.

Les filons charbonneux, par des coups redoublés.
Jusqu'en leur fondement se sentent ébranlés ;
Mais le filon résiste et, comme un vrai géant,
Pour être renversé réclame un vrai Titan..
Ne croyons pas, Messieurs, que le mineur athlète
Se déclarant vaincu, courbe sa forte tête.

Il raille l'ennemi, ménage sa vigueur,
Le contourne en tous sens, agit avec lenteur ;
Tantôt entre deux rocs, afin de le surprendre,
Rampe. glisse, se couche en cherchant à s'étendre,
Tantôt pour le piquer abaisse un contrefort
Qui, soutenant les flancs, servirait de renfort :
Et, s'armant tout-à-coup de pince et de tenailles.
Du monstre qui gémit arrache les entrailles.

La sueur, il est vrai, après un tel combat.
Ruisselle abondante sur le front du soldat.

Messieurs, quand l'étranger menace nos frontières
Et cherche à dévaster nos provinces entières,
S'il est beau d'être mu d'une sainte fureur
Et par de nobles traits de montrer son ardeur ,

Il est encore beau, pour servir la Patrie,
Aux travaux souterrains de consacrer sa vie ;

Il est encore beau, malgré les éléments,
Les chocs et les chûtes et les écrasements,
La froide humidité, les ténèbres épaisses,
Les abîmes sans fond, les maux de toute espèce
Dont la triste sequelle, et le jour et la nuit,
Ceux qui luttent sous terre, incessamment poursuit,
Malgré tous ces dangers qu'on dédaigne et qu'on brave,
Qu'un généreux élan traverse sans entrave,
Oui ! il faut le redire, il est encore beau,
Intrépide mineur ! de suivre ton drapeau ! !
Et, si par jugement d'une fausse doctrine,
On ne voit de nos jours briller sur ta poitrine
Le hochet réputé comme un signe d'honneur,
Il est juste, du moins, qu'au fond de notre cœur,
A défaut de lauriers pour couronner ta tête,
On boive à ta santé dans cette grande fête.

www.ingramcontent.com/pod-product-compliance
Lightning Source LLC
Chambersburg PA
CBHW061509170626
46811CB00004B/1671